Tempête de sable

Pour Paul Caringella, un élève de la Maison de la Sagesse.

Titre original : *Season of Sandstorms*
© Texte, 2007, Mary Pope Osborne.
Publié avec l'autorisation de Random House Children's Books,
un département de Random House, Inc., New York, New York, USA.
Tous droits réservés.
Reproduction même partielle interdite.
© 2009, Bayard Éditions
© 2008, Bayard Éditions Jeunesse pour la traduction française
et les illustrations.

Conception et réalisation de la maquette : Isabelle Southgate.
Illustration de couverture et illustrations intérieures : Philippe Masson.
Colorisation de la couverture, illustrations de l'arbre, de la cabane
et de l'échelle : Paul Siraudeau.

Loi n° 49-956 du 16 juillet 1949
sur les publications destinées à la jeunesse.
Dépôt légal : mars 2008 – ISBN : 978-2-7470-2327-6
Imprimé en Allemagne par CPI – Clausen & Bosse

La Cabane Magique

Tempête de sable

Mary Pope Osborne

Traduit et adapté de l'américain
par Marie-Hélène Delval

Illustré par Philippe Masson

QUATRIÈME ÉDITION

bayard jeunesse

Léa

Prénom : Léa

Âge : sept ans

Domicile : près du Bois de Belleville

Caractère : espiègle et curieuse

Signes particuliers : ne manque jamais une occasion d'entraîner son frère Tom dans des aventures mouvementées, sans se soucier du danger.

Tom

Prénom : Tom

Âge : neuf ans

Domicile : près du Bois de Belleville

Caractère : studieux et sérieux

Signes particuliers : aime beaucoup
les livres, qui l'aident à se sortir
de situations périlleuses.

Les vingt-huit premiers voyages de Tom et Léa

Tom et Léa ont découvert dans le bois de Belleville, perchée en haut d'un chêne, une cabane pleine de livres. C'est une

cabane magique !

Elle appartient à la fée Morgane, une magicienne et une célèbre bibliothécaire qui voyage à travers le temps et l'espace pour rassembler des livres.

Nos deux jeunes héros ont déjà vécu des **aventures extraordinaires** ! Il leur suffit d'ouvrir un livre, de poser le doigt sur une image en souhaitant se trouver à l'endroit représenté, et ils y sont aussitôt transportés !

Dans le dernier tome,
souviens-toi :

Merlin a envoyé Tom et Léa à Venise pour sauver la ville d'une terrible inondation. Grâce à l'aide du lion ailé, l'emblème de Venise, qu'ils ont fait revivre en prononçant une formule magique, ils ont affronté le dieu de la mer...

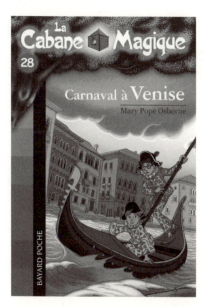

Tom et Léa
se retrouvent
en plein désert !

Ils doivent aider
le Calife
de Bagdad !

Sauront-ils éviter tous les dangers ?

Lis vite

ce nouveau « Cabane Magique »
et aide nos deux héros à déchiffrer
les consignes que leur a laissées Merlin !

Prêt à suivre Tom et Léa
dans leurs dangereuses aventures ?

Bon
voyage !

L'âge d'or

Tom ferme son cahier de maths. Il ouvre le tiroir de son bureau et en sort un petit livre à couverture brune. Pour la centième fois au moins, il relit le titre écrit sur la couverture :

Comptines magiques pour Tom et Léa, de la part de Kathleen et Teddy

Cela fait des semaines que le garçon le garde, bien caché au fond du tiroir, en se demandant quand sa sœur, Léa, et lui auront

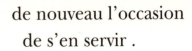

de nouveau l'occasion de s'en servir.

Ces dix comptines sont destinées à les aider au cours de quatre missions, et chacune ne peut être utilisée qu'une seule fois. Les enfants ont déjà eu besoin de deux d'entre elles, pendant leur périple à Venise, en Italie.

– Tom !

Léa surgit dans la chambre de son frère, les yeux brillant d'excitation :

– Prends le livre de magie ! On y va !

– Où ça ?

– Tu le sais bien ! Dépêche-toi !

La petite fille dévale déjà l'escalier.

Tom met le livre dans son sac à dos, il attrape sa veste et se précipite hors de sa chambre.

Sous le porche, Léa s'impatiente :

– Vite !

– Minute ! proteste Tom. Comment sais-tu que la cabane est revenue ?

– Parce que je l'ai vue !

– Tu l'as vue ? Vraiment vue ? insiste le garçon en cavalant derrière sa sœur.

– Oui ! Oui !

– Quand ?

– Il y a cinq minutes. Je revenais de la bibliothèque, et j'ai eu cette drôle d'impression, tu sais… Alors je suis entrée dans le bois, et je l'ai vue ! Elle nous attend !

Les enfants remontent en courant le sentier du bois de Belleville. Les branches des arbres sont couvertes de bourgeons, la mousse de printemps est douce sous les pieds.

Et voilà le grand chêne !

– Elle est là ! souffle Tom.

Oui, la cabane magique est là, tout en haut de l'arbre. L'échelle de corde se balance doucement le long du tronc. Léa commence à grimper ; Tom la suit.

Arrivée à l'intérieur, la petite fille s'écrie :

– Regarde ! Une lettre et un livre !

Elle ramasse sur le plancher un papier plié, tandis que Tom s'empare d'un gros album à couverture dorée.

– Bagdad…, murmure-t-il.

Il montre le volume à Léa. Sur la couverture, on peut lire :

L'ÂGE D'OR À BAGDAD

– Un âge d'or ? répète la petite fille. Ça fait envie ! On part ?

– Voyons d'abord ce que dit la lettre !

– Oh, tu as raison.

Léa déplie la feuille et constate :

– C'est l'écriture de Merlin.

Elle lit à haute voix :

Chère Léa, cher Tom !
Votre nouvelle mission va vous conduire
dans la ville de Bagdad, telle qu'elle était
il y a très, très longtemps. Vous aiderez le
calife à répandre la sagesse sur le monde.
Pour réussir, vous vous montrerez humbles
et vous ne gaspillerez pas les comptines
magiques. Suivez bien mes...

– Qu'est-ce qu'un calife ? l'interrompt
Tom. Et que signifie « répandre la sagesse
sur le monde » ? C'est une grosse respon-
sabilité !

– Je ne sais pas. Laisse-moi finir !
Léa reprend :

Suivez bien mes instructions :
Sous les étoiles d'une nuit claire,
Empruntez un vaisseau du désert.
Vous voyagerez dans la poussière,
Au matin, sous la chaude lumière.

Sur un dôme, vous trouverez
Le cheval qui voit tout,
Derrière le troisième mur,
Au cœur de la cité,

Dans la Salle de l'Arbre,
Sous le chant des oiseaux
Accueillez deux camarades,
L'ancien et le nouveau.

Souvenez-vous que la vie
Est pleine de surprises.
Et retournez à la cabane
Avant que la lune ait lui.

M.

– Ça a l'air facile, fait remarquer Léa.

– Ah oui ? Moi, je trouve ce texte bien mystérieux.

– On comprendra tout sur place, comme

d'habitude. Il faut d'abord qu'on aille là-
bas. Vas-y, prononce la phrase !

Tom pose le doigt sur la couverture du
livre et déclare :

– Nous souhaitons aller à Bagdad au
temps de l'âge d'or !

Aussitôt, le vent se met à souffler, la
cabane à tourner. Elle tourne plus vite, de
plus en plus vite.

Puis tout s'arrête, tout se tait.

Au milieu de nulle part

Quelle chaleur ! Un soleil éblouissant illumine l'intérieur de la cabane. Les enfants sont vêtus de longues tuniques ; ils sont coiffés d'un keffieh, un tissu blanc retenu par un gros cordon noir.

Le sac à dos de Tom s'est transformé en sacoche de cuir.

– On est habillés comme les personnages du livre que nous a donné Tante Marie, fait remarquer Léa. Tu sais, *Les mille et une nuits* !

– Oui, comme Aladin et Ali Baba !

Abritant leurs yeux du revers de la main, les enfants regardent par la fenêtre. La cabane s'est posée au sommet d'un haut palmier, au cœur d'une oasis.

Des buissons épineux et une herbe clairsemée poussent autour d'une petite source qui jaillit de la terre. Au-delà, on ne voit qu'une immense étendue de sable brûlant.

– Eh bien, marmonne Léa, ce n'est pas comme ça que j'imaginais l'âge d'or…

– Moi non plus, avoue Tom. Où est Bagdad ?

S'emparant du livre, il l'ouvre à la première page et lit :

De 762 à 1258, le monde arabe connut un âge d'or. À cette époque, cet empire immense était gouverné par un calife. Bagdad, la capitale, était un important centre d'études et de commerce.

– Donc, commente le garçon, le calife que nous devons aider est le chef de ce pays. Et il vit à Bagdad.

– Oui. Mais on y va comment, à Bagdad ?

– Ne t'énerve pas ! Rappelle-toi notre dernière mission : on a découvert qu'il fallait faire les choses dans l'ordre.

Tom relit le début des instructions de Merlin :

Sous les étoiles d'une nuit claire,
Empruntez le vaisseau du désert.

Relevant la tête, il murmure :
– Je me demande à quoi ressemble un vaisseau du désert…

Léa soupire et dit d'un ton qui se veut patient :

– Oh, il va finir par arriver, ce bateau ! On n'a qu'à attendre la nuit tranquillement. Ou alors…

– Ou alors quoi ?

– On se sert d'une des comptines magiques !

– Pas déjà ! se récrie Tom. Merlin nous a recommandé de ne pas les gaspiller. On en a déjà utilisé deux à Venise. Il ne nous en reste que huit pour trois missions. Et huit divisé par trois font… font…

– Bon, bon, d'accord ! Les comptines, c'est quand on n'a aucune autre solution.

– Exactement.

– Et là c'est quoi, la solution ?

– Eh bien… on pourrait… euh… commencer à marcher, bafouille Tom.

– Marcher ? Dans quelle direction ?

Tom scrute le paysage. Au-delà du bosquet de palmiers, on ne voit que du sable. Des dunes et des dunes de sable sous un grand ciel vide.

– On pourrait… euh…

Tom n'a pas la moindre idée de ce qu'il faudrait faire. Il tire le petit livre de son sac :

– On pourrait… regarder dans le livre.

Les enfants examinent la liste des comptines :

– *Pour donner vie à la pierre*, lit Léa. On l'a déjà utilisée.

– *Pour ramollir le métal aussi*, dit Tom. De toute façon, elles ne nous serviraient pas à grand-chose, ici…

– *Pour se transformer en canard*, continue Léa.

C'est la formule qui lui plaît le plus. Elle jette à son frère un regard implorant.

– Non ! décrète-t-il.

– Et celle-là ? *Faire apparaître un secours au milieu de nulle part*. On est au milieu de nulle part, non ? Et on a grand besoin de secours !

– C'est celle-là qu'il nous faut, reconnaît Tom. Je vais lire la ligne écrite par Teddy, et toi, celle écrite par Kathleen en langage selkie.

Le garçon s'éclaircit la gorge et déclame :

– *Que de là-bas vienne le secours !*

Et Léa prononce de son mieux :

– *Hah-en-bah, hah-en-bahouh !*

À peine ont-ils parlé qu'un violent coup de vent parcourt le désert, poussant devant lui un énorme nuage de poussière. Une rafale secoue le palmier. Du sable entre par la fenêtre de la cabane et cingle le visage des enfants.

– Ouille ! gémit Léa. Ça pique les yeux.

– C'est une tempête de sable ! crie Tom. Mettons-nous à l'abri !

Les enfants se recroquevillent dans un coin, le dos au mur, la tête entre les genoux. Le vent siffle ; la cabane remue follement et craque de partout.

Au bout d'un long moment, la tempête se calme, aussi soudainement qu'elle s'est déclenchée.

Tom et Léa se relèvent et secouent leur tunique. Une couche de sable chaud couvre le plancher. Les enfants courent à la fenêtre. L'air est encore si chargé de poussière qu'on n'y voit rien.

– Pourquoi la formule magique a-t-elle provoqué cette tempête, au lieu de nous envoyer du secours ? marmonne Tom.

– On l'a peut-être mal prononcée…

Tom essuie la couverture du livre et cherche le chapitre qui correspond. Il lit :

Dans le désert, la saison des tempêtes commence mi-février et dure tout le printemps. Les vents soufflent à plus de soixante kilomètres à l'heure. Les voyageurs peuvent perdre leur chemin lors d'une tempête de sable.

– Je ne comprends pas, grommelle le garçon. On doit *trouver* notre chemin, pas le perdre !

À cet instant, un tintement de clochettes se fait entendre.

Les enfants regardent par la fenêtre. À travers l'étrange brouillard de sable, ils distinguent quatre hommes vêtus de robes aux riches couleurs, chevauchant de grands chameaux. Derrière eux avance une file d'autres bêtes, lourdement chargées. Des sonnailles tintinnabulent à leurs cous.

– Les voilà, les secours ! s'écrie Léa avec un large sourire.

3

Mamun
le chamelier

Léa se penche et appelle :

– Ohé !

– Chutttttttttt ! fait Tom en la tirant en arrière. Il ne faut pas qu'ils voient la cabane. On aurait du mal à expliquer sa présence. Descendons !

– Tu as raison.

Avant de se diriger vers la trappe, Léa tend la lettre de Merlin à son frère.

Tom la range dans son sac avec le livre sur Bagdad et le livret de comptines. Il passe la bandoulière à son épaule et descend par l'échelle de corde. Arrivé en bas, il enroule l'échelle autour du tronc de l'arbre pour qu'on ne la voie pas.

– Ohé ! appelle de nouveau Léa.

Les enfants s'avancent en agitant les bras. Les chameliers se dirigent vers eux. L'homme qui est en tête fait s'agenouiller sa monture et saute à terre.

Tom et Léa courent à sa rencontre.

L'homme est un barbu aux yeux très noirs. D'un air sévère, il interroge les enfants :

– Qui êtes-vous ? D'où venez-vous ?

– Je m'appelle Léa, dit la petite fille. Et voici mon frère, Tom. Nous habitons près du bois de Belleville.

Le chamelier fronce les sourcils :

– Je n'ai jamais entendu parler de cet endroit. Que faites-vous, seuls, au milieu du désert ?

– C'est que…, commence Tom.

Et il se tait, ne sachant que répondre. Léa improvise aussitôt :

– Nous étions en route avec notre famille. Nous nous sommes arrêtés ici pour nous reposer. Mon frère et moi nous sommes endormis sous un de ces arbres. À notre réveil, tout le monde était parti. On nous avait oubliés. C'est que nous sommes une famille très nombreuse ; nous avons beaucoup de frères, de sœurs, de cousins…

Tom l'interrompt en la tirant par la manche.

– Léa… ! souffle-t-il. Ça suffit !

L'homme les scrute du regard :

– Et vos parents ? Ils ne sont pas revenus vous chercher ? J'espère qu'ils n'ont pas été attaqués par des bandits !

– Il y a des bandits, par ici ? demande Léa.

Tom observe les alentours d'un œil inquiet. Il ne voit que du sable jusqu'à l'horizon.

– Le désert est plein de rôdeurs, explique le caravanier. C'est pourquoi on ne voyage jamais seul. Souhaitons que votre famille soit saine et sauve !

– Excusez-moi, dit poliment Léa, mais qui êtes-vous ?

– Je suis un marchand. Je viens de l'ouest avec ma caravane. Nous avons été surpris par une soudaine tempête de sable. Elle nous a détournés de notre route. Mais c'est une chance, car nous avons découvert cette oasis. Nous allons prendre un peu de repos et faire boire nos chameaux. Nous profiterons de la fraîcheur de la nuit pour reprendre notre route vers Bagdad.

Le marchand rejoint ses compagnons et échange quelques mots avec eux. Tous se mettent à décharger les chameaux.

Léa se tourne vers son frère et chuchote :

– Tu vois, la comptine a marché ! C'était une tempête magique.

– Oui, mais comment obliger ces marchands à nous aider ?

– Souviens-toi ! Merlin nous a recommandé d'être humbles. C'est nous qui allons leur proposer nos services.

La petite fille se dirige vers le chef de la caravane, qui

puise de l'eau à la source avec un récipient de toile :

– Pouvons-nous faire quelque chose pour vous ?

Cette fois, l'homme sourit :

– Venez donc plutôt boire le thé !

Pendant que les chameaux broutent près de la source, les hommes étendent un grand tapis sur le sol, à l'ombre d'un palmier.

L'un d'eux a allumé un petit fourneau. Il prépare le thé dans une théière de métal.

Les enfants s'assoient avec les caravaniers. Ils boivent le thé en mangeant des galettes et des dattes.

Léa s'adresse au chef :

– Au fait, quel est votre nom ?

– Mon nom est très long, répond l'homme avec un sourire. Mais vous pouvez m'appeler Mamun[1].

Le soleil descend ; l'horizon se teinte de rouge et d'or.

Tom regarde les chameaux. Il se dit que ces bêtes à bosse ont vraiment une drôle d'allure. Elles ont les genoux cagneux, de larges pieds, un long museau et de toutes petites oreilles. Certaines boivent au ruisseau en retroussant leurs grosses lèvres. D'autres avalent des branches d'épineux sans même les mâcher.

– Les épines ne leur font pas mal ? s'étonne Tom.

– Non, leur bouche est aussi dure que du cuir, explique Mamun. Les chameaux mangent et digèrent n'importe quoi : des bouts de bois, des os…

[1] Prononcer *Mamoun*.

    – Même nos tentes et nos selles, si on ne les surveille pas ! plaisante un des chameliers.

    – Et qu'est-ce qu'ils transportent dans ces grands sacs ? veut savoir le garçon.

    – Des bijoux, des perles, dit Mamun. Et aussi des épices : de la cannelle, du poivre, de la vanille, venus de Grèce, de Turquie et de Syrie. Nous allons vendre ces marchandises à Bagdad.

– Nous aussi, nous nous rendons à Bagdad, enchaîne Léa. Nous allons voir le calife.

Les caravaniers éclatent de rire, comme si la fillette venait de raconter une bonne blague. Seul Mamun garde son sérieux. Il demande :

– Votre famille connaît le calife ?

– Non. Mais Tom et moi devons le rencontrer. Nous venons l'aider à répandre la sagesse sur le monde.

Les hommes s'esclaffent de nouveau.

Léa est presque fâchée :

– Qu'est-ce que ça a de drôle ?

– Le calife ne reçoit pas les enfants, explique le plus jeune. C'est la personne la plus puissante du monde !

– Oh… ! fait Léa, les sourcils froncés.

Tom est aussi troublé qu'elle. Mamun les dévisage avec curiosité. Après un silence, il déclare :

– La nuit tombe. Puisque votre famille n'est pas revenue, voulez-vous nous accompagner jusqu'à Bagdad ? Vous avez l'habitude de voyager à dos de chameau, je suppose.

– Bien sûr ! s'écrie la petite fille. Nous aimons beaucoup les chameaux !

« Ben voyons ! » pense Tom.

– Parfait ! Nous aussi, nous les aimons, nos vaisseaux du désert, dit Mamun.

Léa chuchote à l'oreille de son frère :

– Et voilà ! Un « vaisseau du désert », c'est un chameau !

« Misère ! soupire le garçon intérieurement. Et il va falloir monter dessus ! »

4

Les vaisseaux du désert

Le soleil descend lentement derrière les dunes ; une lumière orangée illumine le désert.

Lorsque la boule rougeoyante disparaît à l'horizon, l'air devient soudain beaucoup plus froid.

Mamun se lève :

– Il est temps de partir.

Les chameliers rangent leurs affaires. Dans l'obscurité qui tombe, ils sellent leurs montures et chargent les chameaux qui portent les marchandises.

Puis Mamun revient vers Tom et Léa.

– Vous chevaucherez ces chamelles, dit-il en désignant deux bêtes agenouillées dans le sable. Mettez-vous en selle ; vous avancerez derrière moi.

Les enfants s'approchent. Un tapis aux riches couleurs recouvre la selle, fixée sur la bosse des animaux ; des rênes de cuir entourent leur museau et pendent le long de leur cou.

Léa flatte le flanc brun d'une des chamelles. Celle-ci tourne la tête vers la petite fille et cligne ses paupières bordées de longs cils.

– Bonjour, la Jolie ! dit Léa.

L'autre chamelle allonge le cou.

– Bonjour, la Belle ! Toi aussi tu veux une caresse ?

– La Jolie ? La Belle ? répète Tom.

Lui, il les trouve affreuses ces créatures !

– En route ! s'exclame sa sœur en attrapant les rênes et en se mettant en selle sur la Jolie.

La chamelle se relève d'une façon bizarre : elle soulève d'abord son arrière-train, puis déplie ses jambes de devant.

Léa est secouée d'avant en arrière.

– Wouah ! lâche-t-elle quand elle s'est stabilisée. On est drôlement haut !

Tom s'apprête à monter sur la Belle. Mais la chamelle attrape entre ses dents le pan du tissu qui lui recouvre la tête et commence à le mâchonner.

– Hé ! Arrête !

Tom arrache le tissu. La Belle ouvre largement la bouche, retrousse ses lèvres et montre ses grandes dents jaunes. Le garçon fait un bond en arrière.

– N'aie pas peur ! l'encourage Léa.

– Facile à dire, grommelle son frère. Toi,

la Jolie a l'air de t'aimer.

– La Belle aussi t'aime bien, ça se voit.

La monture de Léa s'ébranle et se dirige sans se presser vers les autres chameaux.

– Viens vite, Tom ! s'écrie la petite fille. C'est trop amusant quand on bouge !

– Amusant ? Tu parles…, bougonne le garçon.

Il rajuste sa coiffure et se hisse sur la selle. La chamelle lui lance un regard soupçonneux et se frappe nerveusement le flanc de sa queue. Tom essaie de s'installer confortablement. Sa monture émet un son désagréable.

– Tais-toi !

Tom accroche son sac au pommeau. La Belle arrondit le cou et se met à mâchouiller le bas du sac de cuir.

– Ne fais pas ça ! crie Tom.

Il tire sur le sac, mais la Belle s'acharne.

– Lâche ça, espèce d'idiote !

– Tu la prends vraiment pour une idiote ? demande une voix moqueuse.

Le garçon sursaute. Mamun, sur son chameau, est arrivé près de lui et le regarde se débattre.

– Elle ne veut pas me rendre mon sac, explique Tom, embarrassé.

Mamun fait claquer sa langue. Obéissante, la chamelle se détourne. L'homme explique :

– Depuis des milliers d'années, les chameaux transportent les hommes à travers le désert. Ces bêtes sont un miracle de la nature !

« Drôle de miracle », pense Tom.

– Un chameau peut avaler le contenu de deux tonneaux d'eau en dix minutes, continue le marchand, et rester ensuite une semaine sans boire. Il est aussi capable de survivre des jours et des jours sans nourriture.

– Vraiment ?

– C'est un animal parfaitement adapté au désert. Ses longs cils empêchent le sable de lui entrer dans les yeux lors des tempêtes ; son nez et ses oreilles sont également protégés par de longs poils.

– Pratique !

– Ses pieds sont garnis d'une sorte de coussin, entre ses deux orteils, pour bien s'appuyer sur le sol ; ses genoux sont entourés d'une peau aussi épaisse que de la corne, ce qui lui permet de s'agenouiller sur le sable brûlant.

– Hmmmm !

– Il transporte de lourdes charges et parcourt facilement cent kilomètres en une journée.

– C'est beaucoup !

De nouveau, Mamun claque de la langue, et la chamelle se dresse sur ses longues jambes.

Fixant ses yeux bruns sur le garçon, Mamun déclare :

– Nous devons respecter et honorer les chameaux. Par bien des aspects, ils nous sont supérieurs, tu ne crois pas ?

Tom approuve de la tête. Il repense à ce que Merlin leur a recommandé dans sa lettre : « Pour réussir, vous vous montrerez humbles... »

Il tapote l'encolure de l'animal :

– Tu es une bonne fille, la Belle…

Un nouveau claquement de langue de Mamun, et la chamelle se met en route. Haut perché sur sa selle, Tom n'est pas très rassuré, mais il s'efforce de rester calme.

La Belle rejoint la Jolie, et les deux bêtes se saluent du bout des naseaux.

Le ciel, au-dessus des dunes, est tout éclaboussé d'étoiles. Mamun donne le signal du départ, et la caravane s'ébranle.

Tom s'accroche au pommeau de la selle : il est balancé de droite à gauche, car les chameaux marchent l'amble, c'est-à-dire en levant en même temps les deux jambes du même côté.

– C'est amusant, hein ? lui lance Léa.

– Hmm hmm…, approuve Tom, sans grande conviction.

Il a froid, et il commence à avoir le mal de mer. Il se fait aussi du souci à propos de leur mission : le calife acceptera-t-il de les recevoir ? Et, si oui, comment l'aide-ront-ils à « répandre la sagesse sur le monde » ? Et, si Bagdad est tellement loin, comment reviendront-ils jusqu'à la cabane ?

Mamun retient sa monture de façon à se placer entre les enfants.

– Quand j'étais gamin, dit-il, j'ai beau-coup voyagé avec mon père, de nuit, à travers le désert. Moi aussi, au début, je pensais que les chameaux étaient idiots. J'avais froid, je trouvais la selle trop dure. Je n'avais qu'une envie : retourner à Bagdad pour dormir dans mon lit bien chaud !

Tom sourit. Ce chamelier lui plaît beau-coup.

– Au fil du temps, reprend l'homme, je me suis mis à aimer les nuits froides du désert. Maintenant, lorsque je suis couché dans un bon lit, je me dis que j'aimerais mieux être ici, à lire mon chemin dans le ciel étoilé.

– Comment faites-vous ? demande Léa.

– Les étoiles ont leur langage, explique Mamun.

Il pointe le doigt vers le ciel :

– En ce moment, nous marchons vers l'est, en direction de la Chèvre.

Tom serait bien incapable de dire laquelle de ces millions de petites lumières clignotantes s'appelle la Chèvre. Mais il est saisi d'émerveillement : jamais il n'a vu autant étoiles ! Certaines paraissent si proches qu'on a l'impression de pouvoir les toucher rien qu'en tendant la main !

Mamun se met à chanter. Les autres chameliers joignent leurs voix à la sienne ; les chameaux semblent se balancer au rythme de la chanson.

Tom cesse de s'inquiéter. Il respire avec délice l'air froid du désert.

– Tom, chuchote Léa, tu sais quoi ? Nous suivons la première instruction de Merlin !

Et elle récite :

Sous les étoiles d'une nuit claire,
empruntez un vaisseau du désert.

– Oui, acquiesce joyeusement son frère.
Et c'est vraiment amusant !

Brusquement, des hurlements féroces
retentissent derrière eux. Tom se raidit, le
cœur battant.

– Des bandits ! crie l'un des chameliers.

5

Des bandits !

Une troupe de cavaliers galope vers la caravane en poussant des cris sauvages ; leurs silhouettes sombres se découpent contre le ciel étoilé.

Tom écarquille les yeux, saisi d'effroi :

– Oh, non ! Qu'est-ce qu'on va faire ?

– Se battre ! réplique Mamun.

Le marchand sort d'un de ses sacs de selle une boîte plate et la fourre entre les mains du garçon :

– Prends cette boîte ! Léa et toi, allez vous cacher derrière les dunes, et protégez-la !

À tout prix ! Filez ! Vite !

Tom essaie de glisser la boîte dans son sac. Mais ses gestes sont nerveux ; il n'en a pas le temps : Mamun flanque une grande tape à la Belle, qui bondit en avant.

Tom lâche les rênes. D'une main il s'accroche au pommeau de la selle ; de l'autre, il serre la boîte contre sa poitrine, tandis que sa monture l'emporte à travers le désert.

Léa s'élance derrière lui. La Belle et la Jolie franchissent à fond de train l'étendue de sable qui les sépare des dunes à croire qu'elles font la course.

Tom est secoué comme un sac de farine. Il hurle :

– Pas si vite ! S'il te plaît, pas si vite !

Peine perdue ! La Belle file aussi rapide que le vent. Les deux chamelles semblent voler à la surface du désert, sous le grand ciel étoilé.

Tom voudrait bien que cette folle galopade cesse ; en même temps, il souhaite s'éloigner le plus possible des bandits.

Enfin, les bêtes ralentissent l'allure. Le garçon jette un regard en arrière. Il ne voit plus la caravane, et personne ne les poursuit.

Dès que les chamelles ont atteint les dunes, elles contournent d'un pas pesant une des hautes collines de sable. Puis elles s'arrêtent et s'ébrouent.

– Merci ! Merci, les filles ! lâche Léa, aussi essoufflée que si c'était elle qui avait couru.

– J'espère que Mamun et les autres sont sains et saufs…, murmure Tom.

– Moi aussi. Qu'est-ce qu'il y a dans la boîte ?

Tom observe l'objet posé sur sa main. C'est un simple coffret en bois.

– Je n'en sais rien. En tout cas, Mamun y tient beaucoup.

– Elle renferme sans doute une épice précieuse, suppose Léa.

– Plus que ça, j'espère ! objecte Tom. Je ne voudrais pas risquer ma vie pour un peu de poivre ou de cannelle !

– On n'a qu'à regarder…

– Je ne suis pas sûr que Mamun serait d'accord.

– On la protégerait mieux si on savait ce qu'il y a dedans, tu ne crois pas ?

– Peut-être…

C'est vrai, ça ; sa sœur n'a pas tort. Après une seconde d'hésitation, le garçon essaie d'ouvrir le cou-vercle. Sans résultat. Il tâtonne dans la pénombre. Soudain, il sent sous son doigt un trou de serrure :

– Impossible, elle est fermée à clé.

– Chut ! Écoute ! chuchote alors Léa.

Tom tend l'oreille. Il perçoit un son grave, lointain, qui évoque la plainte obsédante d'un violoncelle. L'étrange musique monte, monte encore ; puis, peu à peu, elle se tait.

– Qu'est-ce que c'était ? fait le garçon à voix basse.

– Je ne sais pas. Mais, maintenant, j'entends autre chose !

Un martèlement de sabots résonne dans le désert. Tom souffle :

– Les bandits !

– Vite ! Il faut cacher la boîte !

– Oui, mais où ?

– Dans le sable ! décide Léa.

Elle claque de la langue. Obéissante, la Jolie s'agenouille. La Belle l'imite.

Les enfants sautent à terre et se dépêchent de creuser le sable à deux mains.

Le bruit de sabots résonne tout près à présent. Tom et Léa creusent comme des fous, rejetant le sable derrière eux à la manière des petits chiens.

– C'est assez profond, estime Tom.

Il place la boîte dans le trou, et ils la recouvrent de sable. Lorsqu'ils se relèvent, Léa lâche une exclamation :

– Regarde !

La haute silhouette noire d'un homme monté sur un chameau se découpe contre le ciel. Le chamelier avance vers eux.

Tom sent son cœur taper follement contre sa poitrine.

– Si on utilisait une formule magique ? suggère Léa.

– Pas le temps !

L'homme s'approche, s'arrête devant les enfants. Du haut de sa selle, il demande :

– Vous allez bien ?

– Mamun ! s'exclame Léa.

Tom ressent un tel soulagement qu'il se met à rire :

– Oui, nous allons bien. Et vous ?

– Mes hommes se sont battus avec courage ! Les bandits ont fui en n'emportant que quelques sacs de poivre.

– Et nous, annonce Léa avec fierté, nous avons gardé votre boîte en sûreté !

S'accroupissant, elle creuse de nouveau, dégage la boîte et la tend à Mamun.

– Aaaaah ! Merci ! murmure celui-ci.

Léa ne peut contenir sa curiosité :

– Qu'est-ce qu'il y a dedans ?

– Un trésor sans prix ! Je l'ai acheté en Grèce, et je l'apporte à Bagdad. Je vous suis très reconnaissant d'avoir su le protéger.

– Oh, pas de problème ! fait Tom.

Mais lui aussi voudrait bien savoir. Que renferme cette boîte ? De l'or ? De l'argent ? Des pierres précieuses ?

Mamun n'en dit pas plus. Il fourre la boîte dans son sac de selle et déclare :

– Maintenant, continuons notre voyage !

Tom se remet en selle. Il claque de la langue. Il est aussi content qu'étonné quand la Belle obéit et se redresse sur ses longues jambes.

– Nous allons rattraper les autres, reprend Mamun. Si tout va bien, nous atteindrons la ville dans l'après-midi. Nous allons marcher vers l'est, en direction du soleil levant.

Mamun fait virer sa monture. Tom et Léa le suivent. Une aube froide répand déjà sa lumière grise sur le sable.

– Mamun, dit Léa, tout à l'heure, on a entendu une étrange musique. On aurait dit quelqu'un jouant d'un instrument.

– Ah, dit le chamelier, le chant des dunes ! Certains pensent que c'est un phénomène magique. Moi, je crois que tout, dans la nature, a une explication. C'est pourquoi j'aime étudier les sciences. Les sciences nous apprennent à observer. C'est ainsi que l'on comprend comment fonctionne notre univers. Et je peux vous affirmer que le chant des dunes est produit par des avalanches de sable.

– Oh ! fait Léa, déçue. J'aurais préféré que ce soit magique !

– Ce qui est magique, répond Mamun, c'est de découvrir la raison de toute chose ! La connaissance apporte la lumière. N'est-ce pas cela, la vraie magie ?

– Oh si ! approuve Tom.

Léa marmonne, songeuse :

– Hmmm, si vous le dites…

Balancés sur leurs chameaux, les trois voyageurs marchent vers l'aube. À mesure que le soleil monte dans le ciel, le désert se réchauffe, jusqu'à redevenir brûlant.

Un vent sec fouette l'espace, dessinant de curieuses traces dans le sable.

Soudain, Mamun arrête sa monture. Il regarde autour de lui, les sourcils froncés.

– Ça ne va pas ? le questionne Tom. Vous croyez qu'il y a des bandits dans le coin ?

– Non, c'est le désert qui m'inquiète. On dirait qu'il s'agite…

Au signal de son maître, le chameau se remet en route.

Le vent ne cesse de remuer le sable ; il le soulève, l'envoie voleter dans les airs. Tom et Léa baissent la tête pour se protéger les yeux. Leurs vêtements claquent. Autour d'eux, le désert semble s'ébrouer comme un gigantesque animal.

Mamun s'arrête de nouveau. Le sable roule sur le sol, formant des sortes de vagues.

Tom entend de nouveau l'étrange musique de violoncelle.

– C'est encore le chant des dunes ? demande-t-il, pas très rassuré.

– Non. C'est le hurlement lointain d'une terrible tempête. Et elle vient droit sur nous.

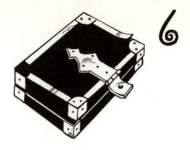

6

Dans la tempête

Le ciel est devenu rouge. Un brouillard de sable s'élève à l'horizon, se transformant bientôt en un épais nuage brun. Il s'avance vers les voyageurs comme un mur vivant.

– Pied à terre ! Vite ! ordonne Mamun. Couchez-vous sur le ventre et couvrez-vous le visage avec le pan de votre keffieh !

Les voyageurs font claquer leur langue. Les bêtes s'agenouillent. Tous trois sautent à terre et se couchent à côté de leurs chameaux.

Tom tente désespérément de se protéger le visage avec le pan de tissu, mais les rafales furieuses le lui arrachent sans cesse des mains.

De rouge, le ciel est devenu noir. La musique de violoncelle s'est transformée en un grondement terrifiant.

Du coin de l'œil, Tom voit soudain le sac de selle de Mamun s'envoler ! Il retombe sur le sol et s'ouvre. La boîte en bois est éjectée et se met à rebondir, emportée par le vent.

– Le trésor ! hurle le garçon.

Sa voix se perd dans les mugissements de la tempête. Alors il bondit sur ses pieds et se lance à la poursuite de la boîte.

Le sable lui cingle le corps, les rafales essaient de le renverser. Tom tient bon. Il court aussi vite qu'il peut.

Finalement, il rattrape la boîte et se jette dessus. Saisissant le pan de son keffieh, il se couvre le visage.

La tempête passe au-dessus de lui ; il lui semble entendre le martèlement des sabots de centaines de chameaux lancés au galop. Ses yeux le brûlent, il suffoque.

Peu à peu, la tempête s'apaise. Ses hurlements se muent en une longue plainte. Le vent cesse.

Le désert retrouve son silence et son immobilité.

Toussant, crachant, Tom s'assied. Il a du sable dans la bouche, dans les oreilles, dans le nez. Il ôte ses lunettes et se frotte les yeux. Mais ça ne fait qu'empirer les choses.

Clignant les paupières, le garçon ramasse la boîte et cherche ses compagnons du regard. Il a complètement perdu le sens de l'orientation. Il n'y voit rien, l'air est encore chargé de poussière en suspension.

Soudain, il entend Léa appeler :

– Tom ! Tom ! Où es-tu ?

Sans lâcher la précieuse boîte, Tom se remet sur ses pieds. Ses jambes flageolent, et il perd l'équilibre. Il croasse :

– Léa ! Je suis là !

– Où ça ?

– Là !

La petite fille surgit enfin du brouillard de sable.

– Tom ! Ça va ?

– Ça va. Et toi ?

– Tout va bien. J'ai voulu courir après toi, mais…

La voix de la petite fille est aussi enrouée que celle de son frère.

– J'ai sauvé la boîte, explique Tom. Où est Mamun ?

– Je ne sais pas. Il n'a pas dû voir qu'on s'éloignait.

Tous deux appellent à grands cris :

– Mamun ! Mamun !

Pas de réponse.

Les enfants ont beau scruter les environs, ils ne voient rien.

Puis ils entendent un martèlement de sabots. Ce sont les deux chamelles qui trottent vers eux.

– La Belle ! La Jolie ! s'écrie Léa. Vous nous avez retrouvés !

Tom et Léa courent vers leurs montures ;

ils leur caressent le cou et attrapent les rênes.

– Mamun ! Mamun ! s'égosille encore la petite fille.

– Il a dû partir à notre recherche dans la mauvaise direction, suppose son frère.

Léa s'inquiète :

– Comment on ira à Bagdad, sans lui ? Et qu'est-ce qu'on fera de son trésor ?

– Aucune idée…

À cet instant, le garçon s'aperçoit que le couvercle de la boîte en bois est fendu sur toute sa longueur :

– Oh ! Elle est cassée ! Pourvu que le trésor ne soit pas abîmé…

– On pourrait regarder…, suggère Léa.

– Tu crois ?

Tom hésite : s'ils ouvrent la boîte, Mamun sera peut-être mécontent. Mais sa curiosité est la plus forte :

– Bon, d'accord. Il n'y a pas de mal à vérifier.

Il écarte les deux morceaux du couvercle. Dans la boîte, il y a un livre.

– Un livre ? fait Tom, surpris.

Il s'attendait à découvrir de l'or ou des bijoux. Il soulève le livre avec précaution. C'est un ouvrage relié en cuir, sans titre.

– Il n'a pas l'air tellement précieux…, remarque Léa.

– C'est peut-être le texte écrit dedans qui est précieux.

Tom soulève la couverture ; des pages en épais papier jaune apparaissent. Sur la première, Léa déchiffre :

LES ÉCRITS D'ARISTOTE

– C'est qui, Aristote ? demande-t-elle.

– Aucune idée. Il y a sans doute une explication dans le livre sur Bagdad.

Tom sort l'ouvrage de son sac accroché à la selle ; il le secoue pour faire tomber le sable qui s'est glissé entre les pages. Il cherche Aristote dans la table des matières.

– J'ai trouvé !

Il feuillette le livre jusqu'au bon chapitre et lit :

Aristote vivait en Grèce, il y a plus de 2 300 ans. Il a été l'un des plus grands philosophes de tous les temps. Le mot « philosophe » vient du grec *philosophos*, qui signifie « ami de la sagesse ».
Ce sont les Arabes qui ont fait connaître les œuvres d'Aristote dans les pays d'Occident, au Moyen Âge.

– Donc, cet Aristote était un ami de la sagesse, murmure Léa.

– Oui. Mais ça n'explique pas que ce livre soit un tel trésor !

Le visage de Léa s'éclaire tout à coup :

– Tu te souviens du message de Merlin ? Que nous devions aider le calife à répandre la sagesse sur le monde !

– Mais oui… ! souffle Tom. Et, si ce livre a été écrit par Aristote, il doit être plein de sagesse. Notre mission, c'est donc de l'apporter au calife de Bagdad !

– Alors, dépêchons-nous !

Tom et Léa claquent de la langue. Leurs montures s'agenouillent, et les enfants se remettent en selle.

Abandonnant dans le sable la boîte cassée, Tom range soigneusement le précieux volume dans son sac, avec le livre sur Bagdad et le livret de comptines. Puis il accroche le sac au pommeau de la selle.

– De quel côté on va ? demande Léa.

– Vers l'est, vers le soleil levant, dit Tom. C'est la direction que Mamun nous a indiquée.

– Eh bien, en route !

Dans le ciel encore chargé d'une brume de sable, une ligne brillante se dessine à l'horizon. Les chamelles s'ébranlent.

– On suit la deuxième instruction de Merlin à présent, fait remarquer Léa.

Et elle récite :

Vous voyagerez dans la poussière,
au matin, sous la chaude lumière.

– C'est vrai !

Très vite, le désert devient éblouissant ; il semble trembler sous la chaleur. L'air s'éclaircit, mais les enfants ne repèrent aucune trace de Mamun.

Tom baisse la tête pour protéger ses yeux du soleil. Doucement balancé par la Belle, il s'assoupit peu à peu. Soudain, un cri de Léa le fait sursauter :

– Tom ! Regarde !

– Hein ? Quoi ? Tu as vu Mamun ?

– Non ! Mais regarde !

Tom distingue alors dans le lointain

des tours et des dômes. Leurs silhouettes scintillantes se détachent contre le bleu du ciel.

– Oh ! lâche le garçon, émerveillé. Bagdad !

7

Par-delà
la troisième muraille

– Plus vite ! lance Léa.

Tandis que la Belle et la Jolie trottent vers Bagdad, le sable laisse peu à peu la place à une terre dure, brûlée par le soleil.

Puis apparaissent des prairies d'herbe verte. On y voit paître des chèvres et des moutons ; des fermes parsèment la campagne.

Bientôt, les chamelles s'engagent sur un sentier d'argile rouge, qui mène à une route. De nombreux voyageurs y circulent. Tous se dirigent vers la brillante cité.

Tom et Léa chevauchent au milieu de jeunes bergers qui poussent leur troupeau devant eux. Des charrettes passent, tirées par des ânes. Des femmes au visage dissimulé derrière de longs voiles portent des cruches sur l'épaule.

Tom regarde de tous côtés, cherchant Mamun dans la foule. Mais il ne le voit pas.

Les voyageurs franchissent un pont. Des barques et des sortes de péniches remontent le fleuve aux eaux brunâtres.

Sur l'autre rive s'étend un vaste marché, formant un labyrinthe de tentes. Les gens qui y déambulent semblent venus de tous les pays de la Terre. L'odeur puissante de l'encens monte dans l'air. Des sacs de toile, des paniers, des récipients en cuivre, des étoffes, des tapis emplissent les échoppes.

Des cordonniers assis en tailleur cousent des chaussures en cuir. Des potiers retirent du four des pots couleur de terre. Des tisseurs tendent des fils de soie multicolores sur leur métier.

Un marchand crie :

– Du papier ! Des perles !

– Des pigeons ! Des per-
roquets ! braille un autre.
– J'aime cet endroit !
s'enthousiasme Léa.
Curieux d'en savoir
plus, Tom sort de
son sac le livre sur
Bagdad. Il lit :

**Au IXe siècle, des
commerçants
d'Espagne, d'Inde,
d'Afrique, de Chine,
de Grèce et de bien
d'autres pays
venaient vendre
leurs marchandises
dans le souk de
Bagdad, le grand
marché en plein air.**

– Donc, un souk, c'est une sorte de supermarché, commente le garçon.

– En beaucoup mieux ! s'écrie Léa. Si on descendait de chameau pour aller voir ?

– On n'a pas le temps. Je te rappelle que nous sommes ici en mission !

Tom tire de son sac la lettre de Merlin :

Sur un dôme, vous trouverez
Le cheval qui voit tout,
Derrière le troisième mur,
Au cœur de la cité.

– Bon, conclut-il. On va franchir trois murs, et on trouvera le cheval. Allons-y !

La Belle et la Jolie se fraient un chemin dans la foule. Quand les jeunes voyageurs quittent le souk, ils arrivent devant un haut mur de briques. Au pied du mur, il y a un fossé rempli d'eau boueuse.

– Voilà le premier mur ! dit Léa.

Un pont enjambe le fossé. Les enfants s'y engagent. Ils passent sous l'arche d'un portail muni d'une double porte, dont les battants de fer sont ouverts. De l'autre côté, ils découvrent une avenue animée, bordée de maisons.

Tandis que les chamelles se faufilent calmement entre les passants, Tom ouvre de nouveau son livre et lit à haute voix pour que Léa entende :

À cette époque, Bagdad possédait de bons hôpitaux. La ville était également célèbre pour son excellente police, pour ses écoles, ses nombreuses bibliothèques, ses magasins et son zoo, où l'on pouvait admirer des centaines de lions !

Voilà qui intéresse beaucoup Léa :

– J'aimerais bien le voir, ce zoo !

– On n'a pas le temps, je te dis !

Au bout de l'avenue, les chamelles marchent sur l'herbe d'un terre-plein.

– Voilà le deuxième mur ! annonce la petite fille.

Il est semblable au premier, mais bien plus haut. Des gardes postés de chaque côté du portail surveillent les allées et venues, tout en laissant les gens passer.

– Aie l'air normal, souffle Tom à sa sœur. Il ne faut pas se faire remarquer.

Les enfants franchissent la deuxième

porte. Ils s'engagent dans une nouvelle
avenue pavée, qui aboutit sur un autre
terrain herbu.

– Nous y voilà ! s'écrie Léa. Regarde ! Le
troisième mur !

Ce mur est encore plus haut que le deuxième. Cependant, les gens circulent toujours librement par le portail ouvert.

– Cette partie de notre mission n'est pas trop difficile ! se réjouit la petite fille.

– Oui. Mais on doit trouver le cheval sur un dôme et, surtout, rencontrer le calife !

Les chamelles franchissent la troisième porte, emmenant Tom et Léa au cœur de la cité de Bagdad.

Un palais se dresse devant eux. Il est surmonté d'un dôme vert qui scintille au soleil. Au sommet du dôme, les enfants voient une statue représentant un cheval.

Léa le désigne du doigt :

– Le voilà, le cheval ! Il voit tout, de là-haut ! Je parie que le calife habite ce palais. On n'a qu'à entrer, comme tout le monde !

En effet, une foule de gens traversent un passage voûté menant à l'intérieur du palais.

Tom et Léa pénètrent dans un magnifique jardin. La brise tiède est chargée du parfum des fleurs. L'allée bordée de palmiers débouche sur une cour, où des enfants jouent à la balle. Sur le côté, il y a des écuries abritant des chameaux.

– On n'a qu'à continuer à pied, propose Tom.

– Oui. La Belle et la Jolie pourront rester ici.

Les enfants entrent dans l'écurie, font agenouiller leurs bêtes et mettent pied à terre.

Alors que Tom décroche son sac du pommeau de selle, une balle roule dans le sable à ses pieds. Léa la ramasse.

– Tu me la rends ? lui crie un jeune garçon brun et bouclé en tendant les mains.

Léa s'avance et lui jette la balle. Le gamin la rattrape. Il remercie d'un sourire, puis il demande :

– Qui es-tu ? Tu viens de loin ?

– Je m'appelle Léa. Voici mon frère Tom. Nous venons du bois de Belleville.

Le copain du garçon s'est approché aussi :

– Et que venez-vous faire à Bagdad ?

Avant que Tom ait eu le temps d'intervenir, Léa explique :

– Nous devons rencontrer le calife.

À ces mots, les gamins éclatent de rire.

– Il n'y a pas de quoi rigoler, grommelle Léa.

– Oh si ! Qu'est-ce que tu t'imagines ? intervient l'un d'eux. Notre calife est l'homme le plus puissant du monde, il n'a pas de temps à perdre avec des enfants.

La petite fille hausse les épaules :

– Oui, on nous l'a déjà dit. Mais nous sommes chargés d'une mission, une mission très importante, et…

Tom l'interrompt et la tire par le bras :

– Viens, Léa ! Installons nos chamelles dans l'écurie !

Tandis que Léa s'apprête à suivre son frère, le garçon frisé lui lance :

– Quand le calife aura refusé de vous recevoir, revenez ici ! On jouera ensemble.

– Oh, il nous recevra ! affirme Léa, très sûre d'elle. Nous ne sommes pas des enfants ordinaires.

– Ah ? Qu'est-ce que vous avez d'extraordinaire ?

– Pour commencer, nous avons sauvé un trésor très précieux ! Des bandits nous ont attaqués, on a affronté une tempête de sable, et…

– Léa ! Viens !

Cette fois, Tom agrippe fermement le bras de sa sœur et l'entraîne dans l'écurie. Secouant la tête d'un air mécontent, il grommelle :

– On ne dit pas des trucs pareils !

– Ah ! Pourquoi ?

– Parce que tu fais ta crâneuse ! Ce n'est pas gentil pour les autres. Même si tu es… spéciale, tu n'as pas à…

Une exclamation de Léa lui coupe la parole. La petite fille désigne d'un air horrifié le sac de Tom, qu'il a laissé par terre, aux pieds de la Belle.

– Eh bien, quoi ?

Horreur ! Le sac est ouvert, la couverture de cuir du livre d'Aristote est déchirée, des morceaux de pages mouillées sont répandus un peu partout. La chamelle, la bouche pleine de papier, mâche avec gourmandise le précieux ouvrage !

La Salle
de l'Arbre

– Nooooooooon ! se lamente Tom.

Il se jette sur la chamelle et s'efforce de lui ôter les pages de la bouche.

Léa ramasse les lambeaux de papier tombés autour des pattes de la Belle.

Tom est effondré :

– Le trésor est détruit ! Jamais je n'aurais dû laisser mon sac ici !

– C'est ma faute, gémit sa sœur. Si je n'étais pas sortie pour me vanter devant ces garçons… J'aurais dû me rappeler les recommandations de Merlin : « Vous

vous montrerez humbles. »

La petite fille est au bord des larmes.

– Allez, ça ira, fait Tom.

Mais il sait bien que non, ça n'ira pas.
Cette fois, leur mission est un échec.

– On pourra peut-être… le réparer ?
murmure Léa.

Tom secoue la tête :

– Non, impossible de le réparer. Il est
en pièces.

La petite fille se redresse soudain :

– Qu'est-ce que tu as dit ?

– J'ai dit : impossible de le réparer…

Un large sourire illumine alors le visage
de Léa :

– En effet ! Impossible ! Vite, Tom ! Aide-
moi à rassembler tous les morceaux !

– Hein ?

Sa sœur est-elle devenue folle ?

– Allez ! Aide-moi !

Tom n'y comprend rien, mais il obéit.

Tous deux se faufilent sous le ventre de la chamelle pour récupérer les bouts de papier déchirés.

– Maintenant, dit Léa, empilons tout ça sur les morceaux de la couverture, et passe-moi le livre !

– Quel livre ? fait Tom, abasourdi.

– Le livre de comptines magiques, voyons !

– Oh, bien sûr ! Tu as raison !

Le garçon fouille dans son sac et en sort le petit livre de Teddy et Kathleen. Il l'ouvre et lit la liste des formules.

– Je l'ai ! s'écrie-t-il. « Réparer ce qui est impossible à réparer » !

Tom feuillette les pages. Lorsqu'il a trouvé la formule, il lève le livre de façon que Léa la voie. D'une voix claire, il lit la première ligne :

– *Que ce qui est détruit soit restauré !*

Léa lit la deuxième :

– Avi-bri-dal, avé-ren-dal !

Aussitôt, les morceaux de papier se mettent à voltiger. Ils tourbillonnent, comme emportés par une tornade, dans une lumière aveuglante.

Tom et Léa se couvrent les yeux de la main. Ils perçoivent un puissant sifflement. Puis le silence revient.

Quand les enfants osent regarder, la tornade éblouissante a disparu. Le vieux livre est par terre, à leurs pieds. Tom le prend en retenant sa respiration. Il soulève la couverture de cuir…

– Ooooh ! souffle-t-il.

Les précieux écrits d'Aristote sont là, parfaitement lisibles sur le papier jauni ! On ne voit pas la moindre trace de déchirure.

– Ouf ! soupire Léa. Bon, qu'est-ce qu'on fait, maintenant ?

– Voyons ce que dit la lettre de Merlin !

Tom la prend et lit :

Dans la Salle de l'Arbre,
Sous le chant des oiseaux,
Accueillez deux camarades,
L'ancien et le nouveau.

Il marmonne :

– Qu'est-ce que ça peut vouloir dire ?

À cet instant, un léger bruit se fait entendre. Les enfants se retournent.

Une fille se tient au seuil de l'écurie. Elle porte une longue tunique brodée.

Sa tête et son visage sont recouverts d'un voile ; on n'aperçoit que ses yeux.

– Bonjour, la salue Léa. Qui es-tu ?

– Je suis une servante du palais, murmure la jeune fille. Venez !

D'un geste, elle les invite à la suivre.

– Où nous emmène-t-elle ? glisse Tom à sa sœur. Et pourquoi parle-t-elle à voix basse ?

– Je n'en sais rien. Mais je sens qu'il faut lui faire confiance.

Tom range le livre de formules, il jette le sac sur son épaule. Puis il quitte l'écurie derrière Léa.

La servante les entraîne à travers la cour ; elle franchit la porte du palais.

Tous trois pénètrent dans un vaste vestibule éclairé par de nombreux chandeliers. Des tapis épais étouffent le bruit de leurs pas.

Au fond du vestibule, un jeune serviteur semble garder une haute porte de bois sculpté. Un pan du turban qui entoure sa tête lui cache le visage. On dirait qu'il ne voit pas les enfants. Il ne leur adresse pas un mot, ne leur accorde pas un regard.

La servante se tourne vers Tom et Léa.

De sa voix chuchotante, elle recommande :

– Lorsque vous arriverez devant le siège, inclinez-vous jusqu'à terre. Ne levez pas les yeux, ne prononcez pas un mot avant d'y avoir été invités.

– Mais qu'est-ce que… ? commence Tom.

– Entrez vite ! murmure la jeune fille.

Le garçon posté devant la porte ouvre le lourd battant. La servante pousse les enfants dans la salle.

– Attends ! proteste Tom.

La porte s'est déjà refermée. Tom et Léa se retrouvent seuls.

Alors, la petite fille lâche :

– Tom, on y est ! C'est la Salle de l'Arbre !

En effet, un arbre magnifique déploie ses larges ramures au centre de la pièce. Ses feuilles argentées frémissent comme au souffle d'un vent léger. Des oiseaux mécaniques chantent, perchés sur les branches.

Sous l'arbre est placée une haute chaise de bois noir, incrusté de pierres précieuses.

Léa récite de mémoire la comptine de Merlin :

Dans la Salle de l'Arbre,
Sous le chant des oiseaux,
Accueillez deux camarades,
L'ancien et le nouveau.

– Eh bien, fait-elle, voilà un autre mystère résolu !

– Pas tout à fait, remarque Tom. Qui sont ces deux camarades ?

– Je n'en sais pas plus que toi ! Inclinons-nous devant la chaise, je pense que ça vaut mieux.

Les deux enfants se prosternent donc jusqu'à terre. Tom serre contre lui son sac qui contient le trésor restauré.

– Rappelle-toi ce qu'a dit la fille,

chuchote Léa. On ne se relève pas et on ne parle pas ! On attend qu'on nous y invite.

– Mais… il n'y a personne ! objecte son frère.

Il se sent un peu idiot, plié en deux devant une chaise vide. Seul le chant grêle des oiseaux mécaniques trouble le silence.

« Qu'est-ce qu'on fiche ici ? » songe-t-il.

À cet instant, la porte grince ; des pas feutrés traversent la salle. Tom tient ses paupières étroitement fermées.

Une voix rude les interroge :

– Qui vous a permis d'entrer dans la salle du trône ?

– Une servante nous a amenés ici, répond Léa.

– Et quelle est la raison de votre venue ?

Gardant la tête baissée, Tom explique :

– Nous apportons un trésor de grand prix, que nous devons remettre au calife de Bagdad. C'est le livre de la Sagesse.

Les yeux toujours fermés, il fouille à tâtons dans son sac, saisit le volume et le tend vers l'homme.

Un long silence s'installe. Bien qu'on ne l'ait pas invitée à parler, Léa ose ajouter :

– Nous espérons que cet ouvrage aidera le calife à répandre la sagesse sur le monde.

– Comment êtes-vous entrés en posses-
sion de ce livre ? l'interroge l'inconnu.

– Nous sommes venus en aide à un ami,
et nous avons été séparés de lui par une
tempête de sable.

– Et vous êtes venus à Bagdad dans l'es-
poir de toucher une récompense ?

– Oh non ! se récrie Tom. C'est notre
mission, de remettre ce livre au calife.

– Vous méritez cependant un paiement en échange. Que désirez-vous ? Des parfums précieux ? Des rubis aussi gros que des œufs de pigeon ?

– Non, merci ! dit Léa.

– Alors, accepterez-vous une bourse pleine d'or ?

– Nous ne voulons rien, vraiment, assure Tom au mystérieux personnage.

De nouveau, le silence se fait. On n'entend plus dans la salle que les trilles des oiseaux.

Enfin, l'homme s'éclaircit la gorge. Quand il reprend la parole, sa voix a quelque chose de familier :

– Regardez-moi, Tom et Léa !

Les enfants se relèvent lentement.

Tom ouvre les yeux. Il voit d'abord des pantoufles d'or, puis une longue tunique blanche brodée d'or. Puis un visage qu'il reconnaît aussitôt.

126

Le garçon n'en croit pas ses yeux :
l'homme qui se tient devant eux, c'est…
Mamun !

9

La Maison
de la Sagesse

– Mamun ! s'exclame Léa.

– C'est bien moi ! Je suis heureux que vous soyez arrivés sains et saufs à Bagdad.

– Nous aussi, nous sommes heureux de vous revoir ! Nous nous sommes fait beaucoup de souci pour vous.

– Je vous ai cherchés un long moment, après la tempête, explique Mamun. Finalement, j'ai renoncé et suis revenu, bien triste, à Bagdad. Je suppose que vous avez retrouvé votre famille ?

– Oh… euh… notre famille… Oui, bien sûr, s'embrouille Léa.

– Et nous avons sauvé votre livre, enchaîne Tom. Ne vous voyant pas, nous avons décidé de le porter au calife.

Mamun sourit :

– Je vois que vous ne comprenez toujours pas.

– Qu'est-ce qu'on ne comprend pas ? demande Léa.

– Je suis le calife Abdallah al-Mamun.

– Vous ? Le calife ?

– Mais… co… comment…, balbutie Tom.

Le calife explique :

– Depuis des années, je désirais posséder un exemplaire des écrits d'Aristote. J'ai appris qu'un volume avait été trouvé dans la ville de Damas. J'ai donc négocié afin de l'acheter pour ma bibliothèque. Il était de la plus haute importance qu'il arrive jusqu'ici. Je souhaitais aussi depuis longtemps traverser de nouveau le désert, comme à l'époque de mon enfance. J'ai donc pris ce déguisement de marchand et j'ai fait moi-même le voyage. Mes compagnons ignoraient ma véritable identité.

– Wouah ! souffle Tom.

– J'ai vu quel respect vous aviez pour les livres et pour la connaissance qu'ils apportent, continue le calife. Avant que vous retourniez dans votre famille, je souhaite vous montrer un endroit très particulier. Cela s'appelle la Maison de la Sagesse.

– La Maison de la Sagesse ! s'écrie Tom. C'est super !

Cette expression fait sourire le calife :

– J'aimerais en effet que toute la Terre trouve cela « super » ! Venez !

Il quitte la pièce à grands pas, et les enfants s'élancent derrière lui.

Portant le précieux livre d'Aristote, le calife conduit Tom et Léa le long d'un corridor. Sa tunique brodée d'or vole autour de lui.

– Encore un mystère résolu, chuchote Léa à l'oreille de Tom :

Accueillez deux camarades,
L'ancien et le nouveau.

– Oui, dit son frère, mais ces camarades sont une seule et même personne, Mamun, le chamelier, et le calife Abdallah al-Mamun !

Le calife mène les enfants dans une cour, où attendent deux chameaux portant un palanquin. C'est une sorte de cabane, ornée de pompons dorés et de clochettes de cuivre. Elle repose sur deux longues barres attachées à la selle des bêtes.

Des serviteurs aident le calife, Tom et Léa à s'y installer. Les chameaux s'ébranlent, faisant tinter les clochettes.

Le calife ouvre les volets de bois des petites fenêtres pour laisser entrer l'air et la lumière. L'équipage traverse les jardins.

Tout le monde s'incline à son passage : les jardiniers qui bêchent, les femmes qui transportent des cruches, les gamins qui jouent à la balle.

Tom voudrait bien en savoir plus sur la Maison de la Sagesse. Mais, à présent que leur ami Mamun s'est révélé être le calife de Bagdad, il n'ose plus l'interroger.

Léa elle-même paraît intimidée.

– Nous y sommes, dit le calife lorsque les chameaux s'arrêtent.

Il fait descendre les enfants. Puis il se dirige vers un escalier conduisant à un grand bâtiment en brique :

– Bienvenue à la Maison de la Sagesse ! En ce lieu sont réunies les connaissances du monde entier. Venez, je vais vous montrer.

Ils franchissent la porte et pénètrent dans un grand vestibule.

– Ici, explique le calife, nous avons un laboratoire pour créer de nouveaux médicaments, un observatoire où nous étudions le mouvement des astres. Et voici ma salle préférée !

Il s'avance vers une haute porte voûtée. Il pousse le battant et fait entrer Tom et Léa dans une immense pièce silencieuse.

– C'est la bibliothèque, murmure-t-il. Ici, tout le monde doit parler à voix basse, même moi.

La lumière d'une belle fin de journée passe en rayons dorés à travers les hautes fenêtres, éclairant les étagères chargées de livres et les tapis colorés. Des hommes lisent assis à de longues tables.

Lorsqu'ils reconnaissent le calife, ils s'apprêtent à se lever. Celui-ci leur dit doucement :

– Je vous en prie, continuez votre travail !

Les lecteurs se rassoient et retournent à leurs études.

Le calife désigne un homme barbu, installé près d'une fenêtre. Penché sur une pile de papiers, il écrit avec frénésie.

– Voici al-Khwarizmi, chuchote le calife. C'est un grand mathématicien.

Il a perfectionné l'écriture indienne des nombres.

Abdallah al-Mamun montre des chiffres sur un tableau accroché au mur : 1, 2, 3, 4, 5, 6, 7, 8, 9, 10.

– Nous les appelons les chiffres arabes.

Tom se penche vers sa sœur :

– Nous aussi, nous utilisons les chiffres arabes ! C'est sans doute cet homme qui les a inventés.

Le calife désigne un autre savant, plongé dans la lecture :

– Voici al-Kindi, le plus grand penseur et le plus grand scientifique de notre temps ! Pourtant, il reste très humble. Il croit que la connaissance n'est pas réservée à une personne ou à un pays, qu'elle appartient à tous, que le monde ne peut grandir en sagesse que lorsque celle-ci est partagée. Je suis de son avis. C'est pourquoi j'ai fait bâtir cette maison.

– Je suis d'accord, murmure Léa.

– Moi aussi, souffle Tom.

– Des savants et des étudiants viennent de lointains pays pour étudier ici, continue le calife. Nous possédons des centaines de livres. Tous ont été copiés à la main.

– À la main ! s'étonne Léa. Ça doit être long !

– Quel genre d'ouvrages avez-vous ? veut savoir Tom.

– Des manuels d'histoire, de mathématiques, de géographie et de médecine. Mais nous avons aussi un livre extraordinaire, un livre plein de merveilles et de magie !

Le calife se dirige vers une étagère et en tire un gros ouvrage. Il le pose sur une table et tourne les pages une à une, pour les faire admirer aux enfants. Elles sont ornées de splendides illustrations représentant Aladin, Ali Baba, la lampe magique et le tapis volant...

– *Les mille et une nuits* ! s'exclame Léa. Nous connaissons ces contes.

– Vraiment ? fait le calife en souriant. Sans doute quelqu'un de chez nous a-t-il voyagé jusqu'à votre pays pour les partager avec vous ! N'est-ce pas cela, le pouvoir des livres ?

– Oh oui ! approuve Léa.

Le calife élève alors le volume d'Aristote :

– J'espère que l'on connaîtra aussi partout ce livre-là ! Dès que je l'aurai lu, j'en ferai faire des copies afin que la sagesse qu'il contient se répande dans le monde entier. Merci à vous de l'avoir sauvé !

– C'était notre mission, répond Tom avec modestie.

– Je dois vous laisser, à présent, reprend Abdallah al-Mamun. Le devoir de ma charge m'appelle. Restez ici autant qu'il vous plaira, lisez ce que vous voudrez. Et revenez me rendre visite un jour ! Au revoir, Tom. Au revoir, Léa.

– Au revoir, Mamun, murmurent ensemble les enfants.

Le puissant calife les salue avec un sourire. Puis il s'en va, les abandonnant dans sa fabuleuse bibliothèque.

10

Avant que la lune ait lui

Dans la vaste salle silencieuse, les étudiants et les savants sont tous plongés dans leur lecture.

– Je n'arrive pas à le croire ! murmure Tom. Mamun, c'était le calife !

Léa récite un passage de la lettre de Merlin :

Souvenez-vous que la vie est pleine de surprises...

– Oui, continue Tom. Mais aussi :

Retournez à la cabane
avant que la lune ait lui.

– J'avais oublié cette phrase ! avoue Léa.

– Chuuuuut ! fait un étudiant.

– Oh, pardon ! dit la petite fille.

Les enfants s'approchent de la fenêtre. Le ciel est rose ; le soleil va se coucher.

– Il faut qu'on retourne à la cabane magique ! souffle Léa.

– Oui, mais comment ?

Tom a soudain un moment de panique : la cabane magique s'est posée très loin de Bagdad ! S'ils partent sur le dos de la Belle et la Jolie, le voyage durera au moins un jour et une nuit. Et s'ils affrontent une tempête de sable ? Et s'ils rencontrent des bandits ?

Le garçon jette à sa sœur un regard affolé. Mais Léa sourit. Sans bruit, elle articule : « Magie ». Tom approuve de la tête. Tous deux vérifient si personne ne les

observe… En catimini, Tom sort de son sac le livre de Teddy et Kathleen. Tournant le dos aux lecteurs, il relit la liste des formules.

Encore une fois, Léa désigne du doigt :

Pour se transformer en canard.

Son frère pousse un soupir excédé. Léa montre alors :

Pour voler dans les airs.

– C'est ça ! s'écrie Tom.

– Chuuuuuut ! refait l'étudiant.

Tom cherche la page. Il lit la première ligne à mi-voix :

– Voguez dans le ciel où il vous plaît !

Léa lit la deuxième, en langage selkie :

– Vo-li-pel, vo-li-nou-nel !

– Taisez-vous, ou bien quittez la bibliothèque ! grommelle l'étudiant.

– Ne vous inquiétez pas, réplique Léa ; on s'en va !

Au même moment, un grand coup de vent passe par la fenêtre ouverte, agitant les pages du livre des *Mille et une nuits*. Étudiants et savants rattrapent leurs papiers qui s'envolent.

Le vent soulève le coin du tapis sur lequel se tiennent les enfants. Le tapis glisse sous leurs pieds. Tom et Léa tombent à la renverse. Avant qu'ils aient pu se relever, leur étrange véhicule décolle.

Un grand cri monte de la bibliothèque, poussé par des dizaines de voix :

– Aaaaaaah !

À présent, le tapis flotte dans les airs. Il plane un instant au-dessus des tables. Tous les lecteurs bondissent sur leurs pieds, affolés :

– Que se passe-t-il ? Regardez ça ! C'est incroyable !

– Au revoir ! leur lance Léa, moqueuse. Travaillez bien !

Le tapis franchit la fenêtre et s'éloigne de la Maison de la Sagesse.

L'air frais siffle aux oreilles des enfants.

Leurs vêtements claquent dans le vent. Allongés sur le ventre, ils s'accrochent de toutes leurs forces au rebord du tapis.

– C'est génial ! crie Tom.

– Troooop génial ! enchérit Léa.

Le tapis passe au-dessus du palais, il contourne le dôme vert avec le cheval à son sommet, il survole la cour où les enfants jouent à la balle, il franchit les trois murailles qui enserrent la ville.

Les enfants aperçoivent en contrebas le souk avec ses potiers, ses cordonniers, ses marchands d'oiseaux, de parfums et de bijoux. Puis le tapis suit la route où circulent les charrettes tirées par des ânes, les femmes portant des jarres sur l'épaule, les bergers menant leurs chèvres et leurs moutons.

Le tapis fonce de plus en plus vite au-dessus des champs et des rivières ; puis apparaissent les premières dunes du désert. Le soleil couchant les teinte de rose.

Tom et Léa reconnaissent bientôt la petite oasis au milieu de nulle part. Le tapis ralentit ; il se pose doucement sur l'herbe rase, près de la source et du grand palmier où les attend la cabane magique.

Le désert rougeoie à présent comme s'il était en feu.

Tom a la tête qui tourne :

– Quelle vitesse ! Je n'arrive pas à y croire !

– Sans la magie, fait remarquer Léa, on serait sûrement tombés du tapis !

Tous deux tentent de se remettre sur leurs jambes. Encore étourdis, ils titubent et se raccrochent l'un à l'autre en riant.

Tom rajuste la lanière de son sac sur son épaule. Léa se dirige vers l'échelle de corde et commence à grimper. Son frère la suit. Arrivé à l'intérieur de la cabane, Tom va jeter un coup d'œil par la fenêtre.

Le soleil s'est couché. Le tapis a l'air tout petit et très ordinaire, dans l'ombre du palmier. Le désert paraît tellement vaste, et vide, et silencieux ! Un mince croissant de lune se dessine dans le ciel.

– « Retournez à la cabane avant que la lune ait lui »…, récite Tom.

– Oui, c'était la dernière instruction de Merlin, dit Léa. On a fait tout ce qu'il a dit !

Tom reprend la lettre du magicien ; il pose le doigt sur les mots « Bois de Belleville » et prononce la phrase magique :

– Nous désirons rentrer à la maison !

Aussitôt, le vent se met à souffler, la cabane à tourner. Elle tourne plus vite, de plus en plus vite.

Puis tout s'arrête, tout se tait.

Il fait frais, dans les bois, en fin d'après-midi. Tom et Léa sont de nouveau vêtus d'un jean et d'un blouson. Le sac de Tom est redevenu sac à dos.

– Quel beau voyage ! murmure le garçon.

Puis il ajoute avec un soupir :

– Rentrons à la maison !

Léa acquiesce. Tom sort de son sac le livre sur Bagdad. Il le dépose sur le plancher.

– On emporte le livre de Teddy et de Kathleen, hein ? dit sa sœur. Il sera plus en sûreté chez nous.

Tom descend par l'échelle, Léa le suit.

En remontant le sentier, Léa fait remarquer :

– On a réussi notre deuxième mission. On a aidé le calife à répandre la sagesse sur le monde. C'était une rude tâche !

– Restons humbles, lui conseille Tom.

– Tu as raison. Le plus difficile, c'est la magie de Teddy et de Kathleen qui l'a fait !

– Ils me manquent.

– À moi aussi… Mais je pense qu'ils étaient avec nous à Bagdad.

– Comment ça ?

– Souviens-toi ! La servante voilée et le jeune serviteur dont on ne voyait pas le visage : ils semblaient sortis de nulle part. Et ce sont eux qui nous ont emmenés jusqu'au calife.

– C'étaient eux ? Tu crois ?

Léa hausse les épaules :

– Peut-être.

Tom sourit et répète à voix basse :

– Peut-être…

Ils marchent un peu en silence. Puis Léa reprend :

– Il nous reste cinq formules magiques pour nos deux prochaines missions. J'espère que Merlin nous fera bientôt signe.

– Pas trop tôt quand même ! soupire Tom. J'ai des devoirs à faire.

– Des exercices de maths ?

– Exactement ! Des exercices avec… des chiffres arabes !

Et les deux enfants courent jusque chez eux en riant.

Fin

Si tu as envie de nous donner
tes impressions sur la série
ou de nous parler de **tes propres voyages**
réels ou imaginaires,
n'hésite pas à nous écrire !

Bayard Éditions
Série Cabane Magique
18, rue Barbès
92128 Montrouge Cedex

N'oublie pas d'écrire
ton nom et ton adresse sur la lettre !